PICCOLINO ET COMPAGNIE

9 mai 2001

A Mélina et Laurent,
mes enfants
adorés! ♡

XXX
XX
X

Dans la même collection

La Forêt des soupçons, Josée Plourde, 1991
Les Yeux de Pénélope, Josée Plourde, 1991
Enquête sur la falaise, Jean-Pierre Guillet, 1992
Mystère aux Îles-de-la-Madeleine,
Jean-Pierre Guillet, 1992
Les Amours d'Hubert, Josée Plourde, 1992
Le Rôdeur des plages, Jean Pelletier, 1993

Pascale Rafie

PICCOLINO ET COMPAGNIE

Illustrations de Marthe Boisjoly

Données de catalogage avant publication (Canada)

Rafie, Pascale, 1960-

Piccolino et compagnie : roman

(Nature jeunesse ; 6)

ISBN 2-89435-029-5

I. Boisjoly, Marthe, 1957- II. Titre. III. Collection.

PS8585.A328P52 1993 jC843'.54 C93-097326-7
PS9585.A328P52 1993
PZ23.r33Pi 1993

Illustrations : Marthe Boisjoly

Révision linguistique : Michèle Gaudreau

Photocomposition : Tecni-Chrome

ISBN 2-89435-029-5
Dépôt légal - Bibliothèque nationale du Québec, 1993

Éditions Michel Quintin
C.P. 340, Waterloo (Québec)
Canada J0E 2N0
Tél.: (514) 539-3774

IMPRESSION METROLITHO

2 3 4 5 6 7 8 9 0 I M L 9 8 7 6 5 4

Imprimé au Canada

À Laura,
ma petite amie de Paris.

Valentin...
Valentin...
Valentin...
Valentin...
Valentin...
Valentin...
Valentin...
Valentin...
Valentin...
Valentin...
Valentin...
Valentin...
Valentin...
Valentin...
Valentin...

J'ai beau répéter ton nom mille fois, tu ne t'endors toujours pas ! Tu ne t'endors jamais !...

Fais dodo. S'il te plaît... Il n'est que cinq heures du matin. Si tu continues, tu vas réveiller ta maman. Elle est très fatiguée, ta maman, elle a besoin de dormir. Et moi aussi.

Non ! ne pleure pas ! Ne pleure plus !

Je vais te raconter une histoire. Oui, une belle histoire, seulement pour toi...

Alors, écoute-moi, mon beau petit bébé d'amour...

Chapitre 1

Un cadeau enchanteur

Tout a commencé le dernier jour d'école, il y a deux ans. Le soleil entrait par toutes les fenêtres de la classe et on était tous debout à chanter comme des bons :

« Adieu madame la professeure
Nous ne vous oublierons jamais... »

Madame Tramezzini reniflait bruyamment dans son beau mouchoir carreauté. C'était très émouvant.

« Nous ne vous oublierons jamais
Et tout au fond de notre coeur... »

Et pourtant, si tu avais entendu comme on faussait, tu aurais éclaté de rire !

Ma meilleure amie Martine et moi, Laura, on n'arrêtait pas de se faire des clins d'oeil en rigolant. Pas parce qu'on était heureuses qu'elle s'en aille, notre prof et directrice de chorale adorée. Au contraire. Mais il faut avouer que ce tableau tragi-comique était digne d'une vraie scène d'opéra. Et l'opéra, il n'y a rien de plus drôle !

Madame Tramezzini partait pour toute la vie. Elle prenait sa retraite. Je me disais : « Tant mieux pour elle, elle va se payer du bon temps ! » Penses-tu ! Elle avait l'air tellement triste de nous laisser, nous sa classe de chouchoux, qu'on aurait dit un enterrement ou un divorce. Tiens, c'est ça : un divorce !

****

On n'a pas ouvert un seul livre ce jour-là. Comme on avait lavé et vidé nos pupîtres la veille, tout ce qui restait à faire, c'était... la fête !

En arrivant le matin, on a donné un gros bouquet de fleurs à madame Tramezzini. Tout heureuse, elle a sorti sa spécialité : des petits sandwichs coupés en triangle, recouverts d'un linge à vaisselle humide. Bizarre, hein ? Elle était d'origine italienne, notre professeure. Et dans son pays, ces petites bouchées mouillées s'appellent des *tramezzini*, nom qui lui est resté !

On a donc mangé un peu. Ensuite, Rémi, le garçon qui se prend pour le plus fort du monde, a ouvert la bouteille de ginger ale. Et Antoine, celui qui s'imagine qu'il sera un jour le plus grand chef d'orchestre des cinq continents, a attaqué avec tous les élèves en choeur l'hymne à notre professeure adorée :

« Adieu madame la professeure
Nous ne vous oublierons jamais... »

Au deuxième couplet, j'ai couru jusqu'au bureau de la directrice où j'avais caché le cadeau de notre maîtresse. Je suis vite revenue dans la classe en tenant fièrement à bout de bras un objet mystérieux recouvert d'un beau foulard de soie noire. Qu'est-ce qu'il pouvait bien y avoir en dessous, tu penses ?

La chanson s'est arrêtée d'un coup. Silence de trente secondes. J'ai délicatement soulevé le foulard et toute la classe a vu apparaître... TA-DAM !... une cage avec un beau canari jaune clair.

Madame Tramezzini a failli tomber à la renverse :

– *Laura ! Laura !*

Elle prononçait « Laoura » comme mon père et ma grand-mère. Et elle continuait à s'exclamer :

– *Non è possibile ! Non ci credo !*

Moi, je répondais :

– *Si ! Si !*

Elle criait :

– Ce n'est pas possible !

Et je répétais :

– *Si, si !*

Elle riait, elle pleurait, elle ne cessait de répéter :

– Les amis, mes chéris, comment avez-vous su ? *Che carino, 'sto canarino ! Che carino !*

Comme tu vois, l'italien était sa langue des grandes émotions.

Tous les élèves de la classe s'étaient cotisés et Martine et moi avions été nommées responsables de l'achat. Au magasin d'animaux, c'est nous qui avions choisi le canari. Parmi cinq ou six, on avait préféré le plus joyeux, le plus alerte, bref le plus joli canari !

GINGER
ALE

Toute la classe était en pâmoison devant l'oiseau quand, tout à coup, qu'est-ce qu'on entend ? Une petite roulade très, très aiguë. Des croches, des doubles croches, des trilles : une vraie cascade de notes ! On aurait dit des rires, des soleils, des rivières...

C'était la voix du canari qui roulait, roulait. Son chant montait tout droit vers le plafond. Tous les murs en tremblaient, je te jure. On n'entendait plus que la voix de ce minuscule animal, pas plus gros que la paume de ma main, qui emplissait toute la classe, et ferait bientôt vibrer toute l'école !

En entendant son cadeau chanter, madame Tramezzini s'est mise à chanter elle aussi avec une voix de soprano pleine de trémolos :

– *Piccolino !*
Si, si, si !
Ti chiami
Piccolino !
Piccolino ! Piccolino !
Piccolino mio !

Et le canari était baptisé !

Chapitre 2

Un amour de ténor

– *Straordinario ! Straordinario, 'sto canarino !* s'exclamait madame Tramezzini deux jours plus tard.

Elle prenait le café dans notre petite cour commune, fleurie de primevères et de tulipes de toutes les couleurs. Maman l'écoutait en souriant.

– Il chante quand il fait soleil, et je le comprends, ça doit lui rappeler ses lointaines origines dans les îles Canaries. Mais il chante aussi quand il pleut ! Et quand je fais la vaisselle et quand je prends ma douche et même quand je passe l'aspirateur ! Je vous jure, Marie-Josée, il chante tout le temps, mon Piccolino.

– J'ai des oreilles pour entendre, vous savez, a subtilement répliqué maman, un brin moqueuse.

On habite juste au-dessus ! Difficile de ne pas entendre les interminables sérénades de Piccolino ! Ou les vocalises éperdues d'amour de madame Tramezzini elle-même en personne ! Notre voisine imitait son canari. Et il lui rendait la pareille. On aurait dit un duel : c'était à qui atteindrait la note la plus aiguë !

– Il paraît qu'un jour la Callas a rivalisé comme ça avec un canari et, croyez-le ou non, Marie-Josée, c'est le canari qui a perdu connaissance !

La Callas, c'est le nom d'une très grande cantatrice. Une artiste qui a chanté à l'opéra comme personne avant elle. « Ni après », précisait toujours madame Tramezzini. Comme tu vois, notre voisine était une maniaque du chant. Le bel canto et tout ça, elle en était gaga ! Et elle croyait me communiquer sa passion en me faisant apprendre des extraits de l'opéra *La Forza del destino* (La Force du destin, en français). J'ai toujours trouvé ce titre plutôt pompeux.

Mais madame Tramezzini n'avait pas fini de s'exclamer:

– Et vous ne savez pas la meilleure!

– Quoi? demanda poliment maman.

– Il adore Verdi!

– Vraiment?

– Lui et moi, nous avons écouté l'opéra du samedi à la radio.

– L'opéra du Metropolitan?

– Oui, en direct de New York! *La Forza del destino* de Verdi. Quelle chance! Mon opéra préféré! Dès les premières mesures de l'ouverture, Piccolino s'est mis à chanter à pleins poumons!

Elle était vraiment comblée.

– Au téléphone, je ne m'entends plus parler! Il chante même plus fort que la télé! C'est merveilleux!... Heureusement que je mets un foulard noir sur sa cage, sinon il me réveillerait à cinq heures du matin. Je vous jure, Marie-Josée!... Ah! soupirait-t-elle, il doit être vraiment très heureux avec moi!

– Vous croyez? lui a demandé ma mère.

– S'il était malheureux, il ne chanterait pas.

– Les oiseaux chantent peut-être pour des raisons moins... sentimentales, plus...

biologiques. Je ne sais pas, moi, pour attirer un partenaire ou pour délimiter leur territoire, par exemple ?

– Ah bon ? Eh bien moi, je crois que Piccolino chante parce qu'il est amoureux.

– Ah oui ? Et amoureux de qui ?

– De moi, bien sûr ! a répondu madame Tramezzini en gonflant la poitrine comme un pigeon.

Martine et moi, nous étions cachées derrière la fenêtre de la cuisine. Comment garder son sérieux en entendant de pareilles fanfaronnades ? Vite, nous nous sommes sauvées dans un grand éclat de rire.

– Folle jeunesse ! a sûrement soupiré madame Tramezzini.

Chapitre 3

Au jour le jour

– Vous, les enfants, vous ne savez pas la chance que vous avez, me dit maman au moins une fois par jour. Deux mois de congé ! Tandis que moi...

Il est sept heures et demie du matin et ma mère court entre sa brosse à dents et ses toasts au beurre d'arachide. Une pantoufle dans un pied, un soulier dans l'autre, elle cherche sa tasse de café... qu'elle a rangée dans le frigo !

Ma mère est distraite. C'est parce qu'elle travaille. Ça la stresse. Et laisse-moi te dire que travailler dans un bureau, derrière un ordinateur et un téléphone, ce n'est pas ce qu'il y a de plus rigolo. Le soir, elle a mal au dos et c'est moi qui dois lui faire des massages. Parce que ma mère, elle habite toute seule – avec moi, bien sûr. Elle est monoparentale. Et tu sais, c'est une gymnastique incroyable de se masser le dos tout seul. Je le sais, j'ai déjà essayé.

Tous les matins, c'est la course contre la montre. J'ai beau y être habituée, j'angoisse ! Ma mère court en pleine rue – son sac à main sur l'épaule, le sac à lunch dans une main et le portefeuille dans l'autre – tout en essayant de mettre ses boucles d'oreilles !... Parviendra-t-elle à attraper l'autobus de huit heures moins trois ?

En bas, chez madame Tramezzini, la vie est plus tranquille. Dès que le jour entre dans la cuisine, Piccolino lance ses petites notes de réveil : « Pit ! Pit ! » Ce n'est pas exactement un chant, mais plutôt un petit piaillement, un appel. Comme s'il disait : « Madame Tramezzini ! Madame Tramezzini ! » pour la sortir du lit. Ça lui réchauffe le coeur, à notre voisine, de se faire réveiller par son petit compagnon à plumes ! Et, en enfilant ses pantoufles, elle se met à chanter des airs d'opéra d'une belle voix tremblante.

Avant même d'avoir bu une seule goutte de café, madame Tramezzini nourrit Piccolino. Elle remplit sa mangeoire de nouvelles graines et son abreuvoir de belle eau fraîche. Elle lui donne aussi un morceau de pomme, une feuille de laitue ou encore une tranche de concombre. Ensuite, elle lui prépare un petit bol d'eau qu'elle dépose au milieu de la cage. Piccolino se précipite alors sur le rebord de sa baignoire et se penche au-dessus de l'eau. Il se penche encore... Cherche-t-il à voir son reflet ?

Il avance le bout du bec. Délicatement, pour ne pas trop se mouiller, il trempe son bec dans l'eau. Les quelques plumes qu'il humecte au-dessus de ses yeux lui font des petits sourcils pointus. Et Piccolino reste là, perché sur le bol d'eau, comme s'il hésitait...

Mais quand il se décide, il plonge, Piccolino ! Les deux pattes en premier ! Il se trémousse le derrière dans l'eau, se dandine d'une patte sur l'autre, se trempe les ailes et, en les secouant, il éclabousse partout. En deux secondes, le fond de la cage est tout détrempé !

A l'heure où ma mère attrape de justesse l'autobus, le café de madame

Tramezzini monte en bouillonnant dans sa cafetière espresso. Piccolino lisse les plumes de ses ailes avec son bec, il les secoue, il s'ébouriffe, il fait la grosse boule – et il recommence.

Quand madame Tramezzini a terminé son café, Piccolino est prêt à passer à l'activité la plus importante de sa journée : man-ger ! Parce que même si l'on dit « manger comme un oiseau » pour manger trois fois rien, je dirais, moi, que ce canari-là mange comme trois ou quatre ! Et j'ajouterais même, pour rester polie, qu'il mange comme un... un certain quadrupède à groin et queue en tire-bouchon ! Bref, Piccolino picore toute la journée. C'est vrai, tant qu'il est réveillé, il picore, Piccolino !

Moi aussi, j'aime bien manger – mais avec un peu plus de retenue. Surtout du *Nutella*. Je le préfère au beurre d'arachide qui colle au palais. Mais ma mère n'en achète jamais. C'est pourquoi, plus souvent qu'autrement, je m'habille en vitesse pour aller déjeuner chez ma meilleure amie Martine !

****

Oui, Martine est vraiment ma meilleure amie. Elle est comme une soeur. Et, crois-moi, c'est très agréable d'avoir une soeur quand on est fille unique.

Ensemble, on observe les têtards au bord de l'étang, on achète des popsicles, on se raconte des peurs dans le noir, on explore le terrain vague en arrière de l'école, on aide madame Tramezzini à cueillir des feuilles de pissenlit, on fait sécher des fleurs en dessous de cinq bottins de téléphone, on promène le chien de la voisine d'à côté, madame Duguay. On va aussi se baigner à la piscine. Et puis, on parle dans le dos des garçons. Nos cibles préférées sont: Antoine et Rémi, deux gars qui n'ont pas arrêté de se vanter depuis le début de l'année et qui nous énervent plus que n'importe qui au monde.

À part ça, on a mille projets d'aventures mystérieuses, des projets qui n'appartiennent qu'à nous et qu'on ne dévoilera jamais au grand jamais, même sous la torture. Surtout, Martine et moi, comme deux vraies meilleures amies, on se raconte à mi-voix nos secrets d'enfant monoparental; on discute divorce et garde partagée. On se dit tout: nos joies, nos peines et nos rêves les plus cachés, bref tout ce qui fait que la vie est une vie, avec ses hauts et ses bas comme dit maman.

****

D'habitude, maman revient du travail vers sept heures du soir. L'été, il fait encore jour, mais il faut rentrer quand même: ma mère est fatiguée. Parce que c'est très fatigant, tu sais, travailler. Des fois, elle est exténuée, épuisée. Elle se sent comme si elle sortait d'une machine à laver, qu'elle dit. Je te jure! A l'entendre, on dirait que le travail est une punition terrible!

Alors, il lui arrive de s'énerver, de s'impatienter, de me crier après et même de pleurer. Il n'y a rien que je déteste plus que de voir ma mère pleurer. J'ai beau lui faire des massages, parfois ça ne donne rien. Ces jours-là, elle prépare un petit quelque chose pour souper, on mange et on va vite se coucher. Le lendemain, ça va mieux, qu'elle me dit, et elle m'embrasse bien fort avant de s'élancer à la poursuite de l'autobus.

Un jour, je me suis fâchée et je lui ai lancé :

– Personne ne t'oblige à travailler !

Elle m'a regardée tristement en souriant, m'a replacé une mèche de cheveux et m'a donné un bec sur le front. Tu parles d'une réponse !

****

Le samedi, c'est différent : maman se lève plus tard, elle est de meilleure humeur et on va faire le marché ensemble. Après, on se prélasse dans notre mirifique jardin – la petite cour arrière où ma mère et madame Tramezzini ont planté toutes sortes de fleurs l'année dernière : des tulipes, des pivoines, des roses, et un mini lilas qui n'a donné qu'une seule grappe cette année. Il y a aussi de la vigne et des clématites violettes qui grimpent le long du balcon, sur le mur de briques et sur la petite clôture de fer forgé qui nous sépare des voisins. Et justement, quand il fait beau, nos voisins viennent prendre le café dans la cour.

Un jour (c'était le lendemain de la Saint-Jean), le père de Martine est venu reconduire sa fille chez nous. En auto. Un trajet d'exactement trois coins de rue que Martine fait à pied en trois minutes et trente secondes tous les jours de la semaine! Alors pourquoi son père est-il venu la reconduire ce jour-là? Je l'ignorerai sans doute toute ma vie. À moins que... C'était peut-être le Destin qui frappait à notre porte!

Donc, le père de Martine a poussé le portillon. Il entrait timidement dans la cour quand, tout à coup, Piccolino, installé à la fenêtre de madame Tramezzini, s'est mis à chanter à tue-tête. Et les trilles et les trilles! Ça n'en finissait plus! Étonné par cet accueil, le père de Martine tourne la tête, lance un coup d'oeil interrogateur au canari, trébuche sur le tuyau d'arrosage et – il fallait s'y attendre – tombe de tout son long juste aux pieds de maman! Une vraie comédie!

Nos parents se trouvaient «face à face» pour la première fois. Si tu avais vu leurs yeux, tu aurais compris tout de suite qu'il fallait faire les présentations. Alors, Martine a aidé son père à se relever:

– Papa, je te présente la mère de Laura.

– Maman, je te présente le père de Martine.

Ils se sont approchés, se sont donné la main :

– Je m'appelle Yvan.

– Moi, Marie-Josée !

Ils étaient très cérémonieux tous les deux. On ne comprenait pas trop ce qui leur arrivait mais le plus important, c'est que les vacances allaient enfin commencer pour vrai ! Tu vois, il faut que les parents se connaissent pour que les enfants obtiennent les permissions importantes. Et maintenant, c'était chose faite. Yvan parlait avec maman. Assis côte à côte sur des chaises de toile dans notre jardin fleuri, ils s'entretenaient de la pluie et du beau temps, du travail et des vacances.

C'est donc en ce fameux samedi matin que Martine et moi avons reçu la permission officielle d'aller coucher l'une chez l'autre aussi souvent que nous le désirions. Il nous suffirait d'emporter notre pyjama, notre oreiller, notre brosse à dents et voilà ! nous serions comme chez nous, chez l'autre ! C'était notre premier été de liberté (c'est-à-dire sans gardienne) et nous n'étions pas peu fières !

Chapitre 4

Refrains du passé

Madame Tramezzini était devenue notre amie dès notre arrivée dans le quartier, un an plus tôt. Tout de suite, elle avait deviné que j'étais un peu Italienne moi aussi à cause des noms inscrits sous la sonnette : Marie-Josée Thibault et Laura Mancini. Elle s'était donc mis en tête de m'apprendre un peu d'italien, les samedis après-midi avec le café et les petits biscuits.

Au début, la présence de cette Italienne ne plaisait pas trop à maman, je pense ; ça lui rappelait mon père. Pourtant, papa est un super-père, que je lui dis toujours. Ma mère, elle, me rétorque :

– Peut-être, mais il n'était pas un super-mari!

Je trouve qu'elle exagère des fois! Bien sûr, j'ai mis du temps, mais j'ai réussi à me rentrer dans la caboche que, même si mes parents ne s'aiment plus entre eux, ils m'aiment moi, Laura, leur petite fille unique. Quand même, ce n'est pas facile à avaler, un divorce. Il m'arrive encore d'y penser, Valentin. Au commencement, je l'avoue, je rêvais que mes parents se retrouvaient, heureux tous les deux comme dans le temps béni de mes deux ans... Mais, que veux-tu, les parents ont leurs raisons! Voilà ce que j'ai fini par me dire avec le temps. Maintenant, j'essaie de penser à autre chose.

Quand mon père a su que j'apprenais sa langue, il a été tout ému. Il m'a aidée en me lisant des poèmes en italien et maintenant, je peux même comprendre les histoires de ma *nonna* (le mot en italien pour grand-maman). Les premiers temps, ma grand-mère trouvait mon italien très dramatique. Pas étonnant puisque j'apprenais par coeur des grands passages de *La Forza del destino*! Je m'exerçais dans la douche le matin, dès que maman avait pris son autobus. Finalement, ma grand-mère s'est habituée à mon italien d'opéra. De son côté, elle m'a appris quelques mots du dialecte de son coin de pays, dans le bout de *Napoli*, où elle dit que le soleil brille toujours.

Madame Tramezzini vient de la même région, figure-toi. Elle me raconte plein d'histoires de son passé, des histoires qui ressemblent à celles de nonna Luisa.

– La terre ne donnait plus rien. Les paysans mouraient de faim. Les villages se vidaient de leurs hommes, puis de leurs femmes et de leurs enfants. Les transatlantiques se remplissaient à ras bords ; des populations entières traversaient l'océan en quête de leur destin. Des villages entiers partaient pour construire l'Amérique. Il y avait des maçons, des menuisiers, des charpentiers. Leurs yeux pétillaient de rêves mais leur portefeuille était complètement vide !

On aurait dit un film, tellement c'était émouvant ! Un jour, madame Tramezzini a sorti son album de photos. Ses yeux étaient pleins d'eau.

– Regarde, m'a-t-elle dit. C'est moi.

– Vous ?

Sur la photo, il y avait un petit bébé de deux ans environ dans les bras d'une grande femme forte.

– Et voici ma mère !

La femme était debout sur le pont d'un bateau, à l'avant. Son profil était pensif, ses yeux ardents. Elle portait le bébé sur sa hanche et semblait prête à traverser toutes les épreuves de la vie. Elle avait l'air solide et pleine d'espoir.

– Regarde-la bien, a insisté madame Tramezzini. Toute décoiffée, les cheveux au vent, on dirait qu'elle a mis le cap sur l'avenir, tu ne trouves pas ?

Madame Tramezzini est née en Italie. Ici, sur la terre du Québec, elle se sent souvent comme une fleur qu'on a transplantée. Ses racines ne sont pas encore bien accrochées. Même après 65 ans, elle a gardé la nostalgie d'un pays qu'elle n'a pas vraiment connu. Elle n'est retournée qu'une seule fois dans son village natal, mais cette fois-là ne compte presque pas parce que c'est trop triste. Quand elle a retraversé l'océan, tu vois, c'était pour aller enterrer ses parents.

Depuis quelque temps, elle a le mal du pays, madame Tramezzini. Maman

dit qu'elle souffre de solitude parce qu'elle est célibataire. Yvan, le père de Martine, pense qu'elle se sent peut-être inutile parce qu'elle a cessé de travailler. On essaie tous de lui faire plaisir, d'être gentil avec elle. Mais ça ne fait pas un effet «*straordinario*»!

****

Un jour, vers la mi-juillet, madame Tramezzini a arrêté de sortir au jardin, prétextant qu'elle ne se sentait pas bien:

– À mon âge, c'est normal, j'ai pris ma retraite, je ne suis plus une jeunesse...

Et elle continuait sur ce ton pendant des heures!

J'ai dû commencer à prendre mes leçons d'italien en bas, dans son appartement, plutôt que dehors au jardin. À mesure que les jours passaient, les leçons s'écourtaient. Au début du mois d'août, mes cours se résumaient à faire la conversation à madame Tramezzini, c'est-à-dire à l'écouter parler sans fin de sa jeunesse et de ce qu'elle aurait pu faire si...

Elle aurait pu être chanteuse d'opéra si... Elle aurait même pu se marier si...

Mais ses phrases ne finissaient jamais. Elle ne faisait que brasser ses regrets et ses déceptions.

– Que c'est triste de vieillir quand on n'a pas réalisé ses rêves, disait-elle.

Déjà, toute jeune fille, elle avait eu la piqûre de l'opéra en écoutant les retransmissions en direct de l'opéra du Metropolitan. Vite devenue une mordue du bel canto, elle avait suivi des cours de chant. Ses professeurs l'avaient encouragée à développer sa voix. Elle ne demandait pas mieux, mais comme sa famille vivait très modestement, elle avait dû travailler très tôt pour gagner un peu d'argent. Et elle avait essayé d'endormir son rêve.

Finalement, madame Tramezzini s'est retirée dans le fond de sa chambre. Qu'est-ce que je pouvais faire, moi ? Je tapotais ses oreillers, selon son humeur j'allumais la télévision ou je l'éteignais, j'ouvrais les rideaux, je donnais à manger à Piccolino, je nettoyais la cage.

– Vous avez quand même dirigé la chorale de notre école pendant presque vingt ans, lui disais-je, pour l'égayer un peu.

Pauvre madame Tramezzini. Elle devenait plus cernée, plus pâle, plus faible et, dans ses yeux, on voyait bien qu'elle était toute désemparée. À sa demande, j'avais placé la cage de Piccolino dans sa chambre et maintenant elle se confiait à son canari même en ma présence :

– Dans la cuisine, je collais mon oreille sur la grosse radio pour entendre la voix du divin Caruso ! Le plus grand ténor de tous les temps. Je pleurais et j'applaudissais, toute seule dans ma cuisine avec le public du Metropolitan Opera de New York !

Elle racontait toujours les mêmes souvenirs. Quel changement s'était opéré en elle ! Je n'en revenais pas. En si peu de temps ! Madame Tramezzini avait maintenant l'air d'une vraie petite vieille avec ses yeux tout le temps effacés, de plus en plus embrumés. Ma mère disait que notre amie faisait une « dépression », qu'elle s'en remettrait bientôt. Mais moi, je m'inquiétais.

Chapitre 5

Le grand départ

Pendant deux semaines, madame Tramezzini a vécu en ermite, toute seule dans sa chambre avec Piccolino. Puis, à la mi-août, nous sommes tous montés dans l'auto du père de Martine. Nous allions reconduire notre maîtresse et directrice de chorale adorée à l'aéroport de Mirabel.

Notre chère voisine avait rassemblé ses dernières énergies pour retrouver la terre de ses ancêtres, là-bas, en Italie, dans le bout de Napoli. Elle voulait se faire enterrer auprès de ses parents dans le caveau familial. Moi, je ne comprenais pas:

– Premièrement, vous n'êtes pas morte.

– Ça ne saurait tarder, qu'elle m'a répondu.

– Et deuxièmement, quand vous serez morte – si jamais ça vous arrive un jour...

– Ne dis pas ça, *bella*. Chacun aura son tour !

– Mais quelle différence ça fera que vous soyez enterrée à côté de vos parents ou ailleurs ?

– Tu es trop jeune pour comprendre.

Disons plutôt qu'il n'y avait rien à comprendre ! Je le voyais bien. Quand les grandes personnes se mettent une idée en tête, il faudrait toujours être d'accord et ne pas dire un mot. C'est ça qui m'énerve le plus. Je te jure, Valentin, les adultes ont une façon de ne pas répondre aux questions qui est vraiment frustrante à la longue. Ils disent : « C'est la vie ! » comme si cette petite phrase expliquait tout. Moi, je pense que, derrière ces mots-là, il y a un mystère qu'ils veulent nous cacher, supposément à cause de notre âge. Mais je gage que ce mystère-là, ils ne le comprennent pas plus que nous !

– Pourquoi est-ce que vous voulez mourir ?

– Je ne veux pas mourir. Seulement, tout a une fin, ma belle Laura. Il faut bien l'accepter.

On roulait toujours en direction de l'aéroport. Passé la banlieue de Laval et les deux ponts, l'autoroute est bordée par des forêts de conifères et de feuillus. De simples forêts, rien d'extraordinaire. Mais voilà que madame Tramezzini regarde les arbres comme si elle les voyait pour la dernière fois de sa vie. Elle les avale par les yeux – et les clôtures, les champs, les fleurs. Mais il n'y avait pas de place dans ses yeux pour tous ces paysages. Alors, ils ont débordé : elle s'est mise à pleurer.

En plus, notre pauvre amie avait dû se séparer de Piccolino, ce qui n'avait pas été facile. C'est à Martine et moi qu'elle l'avait confié. Même en sachant que nous allions bien le soigner, elle était très attristée d'abandonner son fidèle compagnon.

À l'aéroport, avant de passer les postes de contrôle, elle nous a tous regardés, l'un après l'autre. Elle nous a serrés bien fort dans ses bras et nous a déclaré solennellement qu'elle nous aimait beaucoup, *moltissimo*.

– Vous serez bien vite de retour, lui a dit maman. On vous attend, vous savez. On sera là pour vous accueillir.

Martine et moi, on ne disait rien. Pourquoi partait-elle si ça lui faisait tant de peine ? Au moins, j'aurais Piccolino pour me faire penser à elle. J'espérais que, de son côté, elle ne nous oublierait pas et qu'elle n'irait pas s'enterrer là-bas pour de vrai.

– Envoyez-nous une carte postale, a lancé joyeusement maman pour dissiper l'émotion qui nous étreignait.

– Ce sera peut-être un faire-part de décès, lui a répondu madame Tramezzini.

Et elle est partie comme ça, tragique, en agitant son mouchoir blanc.

De retour à la maison, ma mère est demeurée assise dans l'auto, perdue dans ses pensées pendant de longues secondes. Revenue à elle, elle a invité Martine et son père à souper, ce qui nous a un peu changé les idées.

Martine et moi étions maintenant responsables de Piccolino. Nous avons tout de suite nettoyé sa cage et l'avons nourri pendant que les parents parlaient à voix basse dans la salle à manger. Quand est

venue l'heure de nous quitter, j'ai remarqué que le père de Martine serrait la main de ma mère très longtemps et qu'il la regardait fixement dans les yeux. C'était sans doute pour la consoler.

Chapitre 6

La dépression de Piccolino

Il faisait très chaud cet été-là. Chaque jour ramenait le soleil, les cigales et une humidité insupportable. Martine et moi, on cherchait un peu d'ombre sous le tulipier de sa maison ou encore au parc ou chez le dépanneur. Nos parents travaillaient sans arrêt et le temps commençait à nous peser sérieusement.

On n'avait pas le coeur aux grenouilles. Toute la journée, on se traînait, sans énergie, désespérées ! Il n'y avait pas de quoi rire, je t'assure. En effet, depuis le départ de madame Tramezzini, Piccolino ne chantait plus ! Pas un son ne franchissait le seuil de son bec.

Comme on n'en pouvait plus de tout ce silence, on a essayé de le stimuler. Les chatouilles, l'arrosage, les blagues, rien n'y faisait. On lui a donné des graines spéciales pour le faire chanter mais sans résultat. On lui a fait écouter des airs d'opéra – du Verdi, ça marchait toujours avec madame Tramezzini ! – du Roch Voisine et les Beatles : aucune réaction.

Aussi bien dire que Piccolino était mort ! La seule différence, c'est qu'il mangeait toujours autant. Je comprends bien qu'un canari ne sait pas jouer à la corde à danser ou à la cachette, mais quand même ! Passer ses grandes journées à manger ! Je trouvais qu'il manquait d'imagination, notre Piccolino.

Pour être honnête, je dois quand même dire que notre canari s'amusait. Il avait découvert un nouveau jeu et s'affairait maintenant dans le fond de sa cage en menant un boucan d'enfer. Il déchirait le papier journal qui tapissait le fond de sa cage. Il prenait les petits morceaux dans son bec, sautait d'un perchoir à l'autre comme s'il cherchait un endroit où les poser et, finalement, les laissait tomber... par terre, sur le plancher de la cuisine.

Puis il recommençait son manège... Si bien qu'il fallait chaque jour balayer des dizaines de petits bouts de papier!

On n'avait plus de plaisir, Martine et moi. Ça en demande du travail, un canari. Tous les jours changer son eau, sa nourriture; une fois par semaine nettoyer la cage en faisant attention pour qu'il ne s'échappe pas! S'il ne nous donnait même pas la consolation et la satisfaction de son joli chant, à quoi servait-il donc, cet oiseau?

Un jour où on s'en allait au parc, toutes découragées, Martine a eu soudain une idée de génie:

– Peut-être qu'il s'ennuie de quelqu'un...

– Sûrement, que je lui ai répondu. Il s'ennuie de madame Tramezzini mais qu'est-ce qu'on peut y faire? Elle est partie loin, loin, loin et elle ne nous a même pas envoyé de carte postale.

– Non, je veux dire qu'il s'ennuie d'un autre canari. Peut-être qu'il voudrait une fille pour lui tenir compagnie.

– Une femelle, Martine. On dit une femelle quand on parle des animaux.

– Oui, une femelle canari: une canarielle!

Je ne sais pas si c'est comme ça que s'appellent les femelles de canaris mais c'est tout de même ce que nous avons demandé au magasin d'animaux. Le vendeur a bien rigolé. Puis, il nous a expliqué qu'il fallait dire tout simplement : un canari femelle.

– Aucune importance, ai-je répondu. Une « canarielle », s'il vous plaît ! Et une belle !

Oh ! pour ça, elle était belle dans son beau plumage jaune et brun olivâtre ! Vive et sympathique aussi, avec des yeux comme des billes noires qu'elle fixait sur nous en sautillant d'un perchoir à l'autre dans sa cage. Elle ferait sûrement l'affaire.

Une seule chose nous arrêtait : le prix. En fouillant dans nos poches, nous avons réuni un gros 3,54 $ à nous deux. Bon ! plus que 32,44 $ à trouver !

– Sans compter la taxe, a précisé le vendeur en souriant.

Nous sommes sorties la mine basse. Nos parents ne voudraient jamais nous donner 16,22 $ chacune, « sans compter la taxe ». Ils ne comprendraient jamais nos raisons, ils sont tellement bouchés quand ils veulent. Mais nous avons convenu que ça valait la peine d'essayer. On ne sait jamais. Un hasard heureux... Qui sait si l'un ou l'autre n'avait pas reçu une augmentation de salaire...

Eh bien, justement, non ! Le lendemain matin, nous n'étions pas plus avancées que la veille et comme il faisait encore une chaleur de fou, nous avons attrapé nos maillots et nous sommes allées à la piscine.

Chapitre 7

Premières approches

Dans ce temps-là, les deux garçons les plus niaiseux de l'école étaient: Rémi – tu te souviens, celui qui se prenait pour le plus fort du monde – et Antoine, celui qui s'imaginait qu'il deviendrait un jour le plus grand chef d'orchestre des cinq continents! Quant à Martine et moi, on était certainement les deux filles les moins chanceuses de toute l'école parce que ces deux gars-là, ne me demande pas pourquoi, avaient décrété qu'on était leurs préférées. Ils n'arrêtaient pas de nous courir après. Ce qui fait qu'à la piscine, il était normal qu'on les arrose – question de légitime défense. Et du même coup, on arrosait tous les gars autour... et les filles aussi, il faut bien le dire.

Mais, comment t'expliquer, on aurait dit que c'était physique ! Je ne pouvais pas me contrôler : les gars en général et particulièrement ces deux-là, ils m'énervaient, ils m'énervaient ! Tu ne peux pas savoir à quel point. Quand ils approchaient, je devenais rouge, je devenais bleue. J'aurais préféré être six pieds sous terre plutôt que d'être obligée de leur adresser la parole. Mais que veux-tu, il faut être poli dans la vie et « porter sa croix », comme disait madame Tramezzini. Eh bien, moi, ma croix, dans ce temps-là, c'était Antoine Hamelin.

Dès que je mettais un petit orteil dans l'eau de la piscine, c'est lui qui fanfaronnait sur le tremplin et plongeait en bombe juste à côté de moi. Si je me balançais au parc, qui est-ce qui se balançait comme par hasard sur la balançoire la plus proche ? Antoine Hamelin, voyons !

****

Un jour, peu de temps après le départ de madame Tramezzini, on était au bord de la piscine toutes les deux à essayer de supporter la canicule. J'étais étendue bien sagement sur ma serviette de plage à lire mon livre sur les canaris. Martine, quant à elle, faisait semblant de dormir en dessous de ses lunettes de soleil.

Je lève les yeux de mon livre un quart de seconde et qu'est-ce que je vois ? Les deux grands pieds d'Antoine Hamelin en position d'arrêt à un mètre de mon nez. Ses orteils gigotent dans ses gougounes en caoutchouc vert. Qu'est-ce que je fais ? Je garde ma contenance : je ferme mon livre – en perdant ma page – et je me lève en soupirant comme une grande personne offusquée. Je m'apprête à dire à l'intrus de nous laisser en paix, mais Antoine Hamelin tient dans chacune de ses mains un cornet de crème glacée à deux boules : un aux framboises et l'autre aux pistaches, ma saveur préférée !

– Tiens, c'est pour toi. Et celui-là, pour Martine. De la part de moi et de mon ami Rémi.

– On n'a même pas le droit de manger de cornets autour de la piscine, que je lui réponds pour dire quelque chose.

Mais il ne se démonte pas :

– Venez. On est juste de l'autre côté de la clôture.

En effet, voilà Rémi à travers le grillage métallique qui nous envoie la main avec un sourire vraiment bizarre. Antoine, lui, a l'air tellement gêné tout à coup ! Il est rouge comme une tomate. La sueur perle sur son front. Il doit bouillir à l'intérieur parce que la crème glacée fond déjà et coule sur ses mains. Il essaie de dire quelque chose d'intelligent quand le sifflet du sauveteur retentit. Du haut de sa chaise, le jeune homme bronzé pointe son doigt vers Antoine et lui crie, d'un ton autoritaire :

– Pas l'droit d'crème glacée autour d'la piscine !

Martine, qui ne dormait pas du tout, enlève ses lunettes et se redresse vite pour ne rien manquer de la scène. Tout penaud, Antoine va rejoindre son ami Rémi de l'autre côté de la clôture. Ensemble, ils traversent tout le parc sans se retourner.

Martine et moi, on se regarde. On croit rêver ! Est-ce que ce serait ça, l'amour ? L'AMOUR, ce grand mot tout en majuscules dorées ! L'amour, ce mot merveilleux,

ce mot si mystérieux dont tout le monde parle avec des yeux brillants ! On n'en revient pas...

Mais Rémi Desrochers et Antoine Hamelin ? On n'imaginait pas l'amour, l'*amore*, comme on dit dans les opéras, sous les traits de ces deux gars-là ! Pendant le reste de la journée, on n'a pas arrêté de faire des farces en se traitant de « Madame Desrochers » et de « Madame Hamelin » ! Comme si j'avais envie de me marier, moi ! ! Comme si je ferais jamais la même folie que mes parents ! Pourquoi se marier s'il faut divorcer deux ans plus tard ? ! Et Martine, qui est ma meilleure amie, encore mieux qu'une soeur, elle pense la même chose que moi !

****

Pour être tout à fait sincère pourtant, je dois t'avouer que, dans le fond de la nuit, quand j'ai été toute seule avec mes pensées, je me suis demandé pourquoi il avait les yeux si bleus, Antoine Hamelin... Et surtout, comment il avait fait pour deviner ma saveur de crème glacée préférée !

Chapitre 8

L'entretien secret

Ce que je ne savais pas alors, c'est qu'au moment même où Antoine et Rémi nous offraient des cornets de crème glacée, dans un petit café du centre-ville avait lieu un entretien secret entre Madame ma mère et Monsieur le père de Martine. Officiellement, ils se rencontraient sans doute pour débattre de la question suivante : faut-il, oui ou non, donner une compagne à Piccolino ?

Je n'étais évidemment pas là, sous la table, pour les espionner. Mais je les imagine très bien en train de verser du sucre dans leur cappuccino fumant. Première cuillerée : ils se regardent les yeux dans les yeux. Deuxième cuillerée : un sourire tremblote sur leurs lèvres timides. Troisième cuillerée : le père de Martine ouvre la bouche pour articuler péniblement une phrase d'une importance cruciale :

– Il... fait... beau.

Quatrième cuillerée : ma mère réfléchit et répond :

– Oui, je crois.

À la neuvième cuillerée, Yvan avance sa main au milieu de la table. À la dixième cuillerée, ma mère renverse le sucrier. Et tous les deux s'écrient ensemble :

– Moi aussi, j'aime le sucre très café !

Et ils éclatent de rire :

– Le café très sucré, pardon !

Par la suite, les mots « canari », « amis », « Laura », « Martine » ont dû revenir souvent dans la conversation. Le visage tout illuminé, Roméo et Juliette prenaient le café et discutaient de leurs enfants ! Tordant ! Et sans doute ont-ils conclu par :

– Si Piccolino a vraiment besoin d'une amie, pourquoi ne pas lui en donner une ?

Mais leurs mots ordinaires devaient mal cacher leur malaise et... leur joie, déjà. Yvan échappait sa serviette de table par terre, maman riait. Ils se trouvaient drôles.

Ils trouvaient drôle d'être assis à la même table alors que, quelques semaines plus tôt, ils ne soupçonnaient même pas l'existence l'un de l'autre. Leurs gestes timides et embarrassés disaient :

– Quel bonheur que tu existes !

Mais tout cela... en silence ! Quelle scène !!

Comme je te l'ai dit, Yvan et Marie-Josée ne m'avaient pas invitée à cet entretien secret. Et ce que maman m'a raconté quelques mois plus tard au sujet de cette première rencontre en tête à tête avec le père de Martine ne ressemble pas exactement au récit que je viens de te faire. Mais elle ne me raconte pas tout, ma mère. Il faut bien que je devine les détails !

****

Ce qui est sûr, par contre, c'est que dans la semaine qui a suivi, maman a raté l'autobus quatre fois ; un soir, elle a oublié de faire le souper ; et un autre soir, elle a laissé coller la soupe dans le fond de la casserole. Je te jure, Valentin, on aurait dit qu'elle était ensorcelée. J'ai même envisagé d'engager un sorcier pour l'exorciser !

Mais le mal était fait, j'aurais dû m'en douter. Marie-Josée, ma mère, était amoureuse ! Personne n'était au courant – même pas elle – et personne n'y pouvait quoi que ce soit – surtout pas elle !

Mon père en était à sa deuxième blonde. Manon, avec qui il habitait depuis deux ans, était bien gentille avec moi quand j'allais en visite le dimanche. Mais ma mère, elle, n'avait jamais eu d'amoureux. Peut-être qu'elle était gênée à cause de moi, ou qu'elle avait peur de me faire de la peine. Pourtant, je passais mon temps à lui dire, comme on entend au cinéma et à la télé :

– Il faut que tu vives ta vie, maman.

Elle me caressait les cheveux doucement mais ne m'écoutait jamais. Elle n'avait pas le temps de rencontrer quelqu'un, qu'elle disait.

****

Si je ne me trompe pas, c'est à partir de ce temps-là que ma mère s'est lancée dans les petits extras rigolos. Par exemple : inviter Martine et son père et organiser un grand souper aux chandelles avec gâteau, glaçage et crème glacée – sans que ce soit la fête de personne!

Des repas interminables! Martine et moi, on partait au fromage pour réapparaître au dessert. Après le gâteau que ma mère avait elle-même préparé – où avait-elle trouvé le temps? elle ne faisait jamais de dessert! – on se retirait de table sur la pointe des pieds toutes les deux, sans dire un mot.

On allait retrouver Piccolino dans la cuisine et on le regardait dormir tout en boule sur son perchoir. La tête cachée sous ses plumes, il respirait doucement. On regardait sa poitrine monter et descendre. Pendant qu'il dormait, on chuchotait nos chuchotements d'insomniaques. Car on faisait maintenant de l'insomnie, Martine et moi. Comme les grandes personnes, on avait des cernes sous les yeux parce qu'au lieu de dormir, on pensait. En réalité, on se forçait à rester éveillées, tout occupées qu'on était à faire des plans pour défaire ceux de Rémi et Antoine.

****

Mais revenons à ce midi où Madame ma mère et Monsieur le père de Martine se sont rencontrés pour la première fois seule à seul.

Après le dîner, ma mère retourne à son travail. À cinq heures, elle sort du bureau et se dit: « Demain, jour de paye, j'irai acheter la blonde de Piccolino. » Mais quand elle arrive à la maison et entre dans la cuisine pour dire bonjour à notre petit oiseau, qu'est-ce qu'elle aperçoit dans le fond de la cage ? Un petit objet ovoïde bleu, moucheté de noir, pas plus gros qu'un jujube... Un oeuf de canari ! Notre petit canari mâle avait pondu un oeuf !

Se pouvait-il que notre Piccolino soit une Piccolina ?

Chapitre 9

Nouvelles approches

C'est devenu notre farce nationale ! Le lendemain, monsieur Loiselle, du magasin d'animaux, s'est excusé mille fois de cette erreur. Il a soutenu que la compagnie d'élevage était la seule responsable et que le magasin n'était pas en cause. Ce deuxième canari, nous a-t-il assuré, serait un vrai mâle. Il nous le vendait à moitié prix.

On a appelé le nouvel oiseau Piccolino Deux et on a rebaptisé la femelle Piccolino Première ! Le deuxième canari était plus petit que l'autre, avec un plumage jaune et brun. Il était très beau et très gourmand lui aussi. Il avait l'air gai mais, au magasin en tout cas, il ne chantait pas.

On a emporté Piccolino Deux à la maison dans une belle cage neuve, car il n'était pas question de mettre tout de suite les deux canaris dans la même cage. Il ne faut jamais brusquer les choses – même avec les oiseaux! Séparées d'un mètre ou deux le premier jour, les cages ont été rapprochées petit à petit. Au bout d'une semaine, nos deux canaris étaient devenus colocataires de la plus belle et plus spacieuse des deux cages. Comme ils avaient déjà fait connaissance entre les barreaux, la cohabitation s'annonçait assez facile. Une fois réglées les querelles de priorité à la mangeoire, problème que nous avons résolu en en achetant une deuxième, finis les coups de bec. Les deux oiseaux ne se menaçaient pas de leurs ailes ouvertes, ne se picoraient pas le fond de la tête, et semblaient décidés à vivre ensemble en parfaite harmonie!

****

De notre côté, c'était le contraire. On nageait dans la mésentente la plus totale avec les deux gars. Chaque jour, il fallait déjouer un de leurs tours. Partout, il y avait danger d'embuscade. L'esprit et les espadrilles toujours en alerte, on marchait sur le trottoir comme dans une forêt vierge...

Antoine et Rémi nous traquaient. Ils se cachaient à la piscine et nous regardaient nous baigner. Ils nous espionnaient au parc et chez le dépanneur. Ils nous suivaient même jusqu'au centre commercial. Et s'il nous arrivait de les croiser dans une des allées du supermarché, ils nous envoyaient la main, l'air de rien.

– Salut les filles !

Comment se permettaient-ils d'être aussi familiers avec nous ? Et qu'est-ce que ma mère allait penser ?

– Tu les connais ? me demanda-t-elle un jour.

– Des gars de l'école, c'est tout.

Mais ces coïncidences devenaient tellement fréquentes – on rencontrait les gars au garage, au bar laitier – que ma mère a commencé à se poser des questions. C'est-à-dire qu'elle s'est mise à nous taquiner. Et laisse-moi te dire qu'on y a goûté !

– Alors, les filles ? Qu'est-ce que vous attendez pour aller rejoindre vos petits chums ?

Nous, ça nous enrageait ! Nous devenions violettes de colère et levions le nez, hautaines comme des princesses. Un jour, Martine a même tapé du pied comme une enfant de cinq ans en plein milieu du supermarché.

– ON NE LES CONNAÎT PAS, BON !

Pendant que les parents soupaient toujours aussi interminablement, soir après soir, on tuait le temps en essayant de prouver lequel, de Rémi ou d'Antoine, était le plus niaiseux. On s'amusait à trouver à chacun le plus de défauts possible. Sur une feuille de papier, Martine alignait d'un côté les défauts de Rémi, de l'autre ceux d'Antoine. Des deux côtés, la liste s'allongeait, s'allongeait...

ANTOINE	RÉMI
Fanfaron	Vantard
Prétentieux	Présomptueux
Ridicule	Bizarre
Stupide	Bête
Bolle à lunettes	Pogné des biceps
Bien élevé	Trop poli
Arriéré	Retardé
Bébé lala	Bébé lala lui aussi

S'il avait fallu inventer des mots pour décrire les deux gars avec plus de précision ou de cruauté, ne va pas croire qu'on se serait gênées ! Tout ce qui comptait, c'était de dire du mal d'eux ! Bref, pire c'était, mieux c'était !

Chapitre 10

Déclaration

Je t'ai déjà dit, Valentin, que, peu avant de pondre son premier oeuf, Piccolino Première avait été prise d'une rage de tout détruire dans sa cage. Eh bien ! À l'arrivée du deuxième canari, le vrai mâle, sa rage de destruction s'est intensifiée. Voilà du moins ce que je croyais au début. Mais, en fait, notre petite « canarielle » avait tout simplement envie de construire un nid !

Maman a donc acheté un nid d'osier à accrocher dans la cage et une boîte contenant des bouts de ficelle. Tout de suite, Piccolino Première a commencé à aller cueillir les bouts de ficelle avec son bec. Elle montait sur un perchoir, volait jusqu'au nid et y déposait son butin, parcourant ce trajet des centaines de fois en une journée. Elle passait maintenant tout son temps à remplir le nid, à l'aménager ; de l'intérieur, elle poussait les bouts de ficelle avec ses pattes pour se faire un petit coin confortable.

J'aurais pu observer son manège pendant des heures. J'étais bien impressionnée et maman aussi. Tu sais, je crois que personne ne lui avait jamais appris à construire un nid et pourtant, Piccolino Première était une bâtisseuse hors pair !

– C'est l'instinct, m'expliquait maman. C'est encore plus fort que le destin.

Un matin à mon réveil, le nid était terminé et Piccolino Première était couchée dedans. Impossible de savoir ce qu'elle faisait. Se reposait-elle ? Couvait-elle ? Lorsqu'elle s'est finalement décidée à aller manger un peu, j'ai aperçu un oeuf !

– Celui-ci a bien des chances d'être fécondé et de donner un petit oisillon, déclara maman.

Piccolino Première a continué à pondre. Un, deux, trois oeufs, on ne savait pas exactement. On ne pouvait pas la déloger pour les compter car elle couvait.

Toute la journée, elle restait couchée sur ses oeufs, réclamant à manger au mâle qui, parfois, se penchait au-dessus d'elle pour la nourrir comme un oisillon.

Peu de temps après, qu'est-ce que je vois ? Les deux canaris qui couvaient ensemble, l'un sur l'autre ! Je me suis dit : « Les petits vont arriver bientôt ! » Et j'ai commencé à barrer les jours sur le calendrier.

****

Quelques jours après la rentrée des classes, j'ai trouvé sur mon pupître une enveloppe entre mon livre de maths et mon cahier de français. Une enveloppe marquée « À Laura Mancini – personnel – top secret – confidentiel ». Il pleuvait ce jour-là. À la sortie de l'école, j'aperçois Martine qui me fait de grands signes pour qu'on rentre à la maison ensemble sous son parapluie. Pas aujourd'hui ! J'ai sauté sur ma bicyclette rose sans même lui répondre et j'ai pédalé de toutes mes forces. Arrivée chez moi, je suis allée me cacher au plus profond de ma garde-robe et c'est là, à la lumière de ma lampe de poche, que j'ai lu ma lettre.

Chère Laura,

C'est la première fois que je t'écris – et peut-être la dernière aussi. Je sais : tu penses que je suis un gars avec juste des défauts. Mais peu me chaut, tu sauras. Car, quand on avait la chorale avec madame Tramezzini, tu me souriais. Oui, au milieu des sopranos dans ta robe soleil, c'était toi la huitième merveille du monde. Moi, je faussais tellement je te regardais.

Tu vas trouver ça exagéré que je t'écrive tout ça. Supposément que les gars ne sont pas trop du style à exprimer leurs sentiments – mais moi, il y a tant de choses que j'aimerais te dire, Laura...

Rendez-vous à midi demain, derrière le chalet ?

Ton ami, j'espère,
Antoine

Jamais je n'aurais pensé qu'un garçon pouvait être aussi sensible. Et moi ? Je ne pouvais pas faire semblant d'être insensible

moi-même. Qu'est-ce que tu aurais fait à ma place? Comment te serais-tu senti?

Mon coeur battait comme un tambour. Je pliais et dépliais la lettre, que je cachais dans un vieux soulier pour la ressortir aussitôt. Je la lisais et la relisais. Je voyais les yeux bleus d'Antoine Hamelin s'allumer, son sourire de bébé, ses bouclettes d'angelot... Oh! la la! Que d'émotions! Et puis, il y avait ce « peu me chaut ». Qu'est-ce que ça pouvait bien vouloir dire, peu me chaut? J'examinais chaque mot de la lettre, j'analysais chaque phrase. Je réfléchissais, je m'agitais, je m'énervais. Quand, tout à coup, dans un éclair de lucidité, je me suis vue, assise là, dans le fond de ma garde-robe...!

Vite, je suis sortie, avec la ferme intention d'éviter le chalet du parc au moins jusqu'à la semaine prochaine. Je ne pourrais donc pas te dire par quel miracle ou par quel hasard, le lendemain à midi pile, je me trouvais à l'endroit précis du rendez-vous.

C'était sans doute la force du destin, la *forza del destino* de madame Tramezzini! D'ailleurs, où était-elle, notre ex-voisine, à ce moment-là ? Elle aurait pu m'aider, non ? Ou Martine peut-être. Mais non, le destin voulait que je sois toujours seule pour affronter les pires dangers !

Justement, Antoine Hamelin était arrivé. Debout juste devant moi, il me regardait fixement de ses beaux yeux bleus... qui étaient noirs, en fait. Complètement noirs. Mais Antoine Hamelin me dévisageait comme si j'avais été atteinte d'une maladie grave. Il se penchait vers moi, la main sur mon bras, l'air désolé.

– Il faut que je te dise quelque chose.

– Quoi ?

– C'est... grave.

– Quoi ? (Je m'inquiétais.)

– Ça va sûrement te faire de la peine.

– Quoi ? (Je m'impatientais.)

– Tu n'auras jamais de...

– Quoi ? (Je m'énervais.)

– Tu n'auras jamais de bébé, Laura.

– QUOI ? (J'avais sûrement mal entendu !)

– Tes oeufs... les oeufs de tes canaris, je veux dire, ils ne vont jamais éclore.

Ah ! Il voulait parler de mes oiseaux !

– Comment ça ?

– Après 15 jours, il n'y a plus rien à espérer.

– Mais ça fait 20 jours qu'ils couvent !

– Justement !

– Ils couvent à deux, l'un sur l'autre. Ils n'arrêtent jamais, ni le jour ni la nuit. C'est à peine s'ils vont manger une fois de temps en temps.

Eh bien, c'est exactement ce qui avait mis la puce à l'oreille à notre bollé d'Antoine !

– Et puis, comment tu le sais que j'ai des canaris ?

– J'ai regardé par la fenêtre de chez vous.

– Tu m'espionnes maintenant ?

– Pas du tout ! J'observe les oiseaux !

Les sciences naturelles, c'était la deuxième spécialité d'Antoine, après la musique. Il avait appris dans un livre que le mâle et la femelle canaris devaient se relayer sur la couvée, et non rester collés ensemble dessus. Quand il a vu que Piccolino Première et Piccolino Deux mettaient autant de coeur l'un que l'autre à assurer la couvaison, il s'est demandé si nos deux canaris ne seraient pas, par hasard... deux femelles.

– QUOI ? ?

– C'est une hypothèse, dit Antoine prudemment. Une simple hypothèse – mais ça vaut la peine de vérifier, non ?

Et la seule façon de vérifier, c'était de séparer à nouveau les canaris.

Mais ce n'était pas tout. Prenant mon courage à deux mains, rouge de honte, j'ai avoué à Antoine mon ignorance.

– Qu'est-ce que ça veut dire : peu me chaut ?

– C'est une façon savante de dire : je m'en fous.

– Ah ! Original...

Nous avons couru jusqu'à la maison, lui et moi. C'était la première fois qu'Antoine venait chez moi. Comme maman était revenue du travail plus tôt que d'habitude, nous lui avons expliqué toute l'histoire. Ensemble, nous avons convenu de jeter les cinq oeufs stériles que mes deux oiseaux avaient eu tant de mal à réchauffer. Séparés, les canaris. Chacun dans sa cage, comme au début.

Et on a attendu.

Deux semaines plus tard, surprise ! Dans la cage de Piccolino Deux, le supposé vrai mâle du couple, eh oui, il y avait... un oeuf! Encore! Il n'y avait donc que des canaris femelles en ce bas monde? Et nous, finirions-nous par vendre des omelettes au coin de la rue?

Chapitre 11

Un geste fatal

Depuis quelque temps, Martine me paraissait étrange. J'avais l'impression qu'elle ne me regardait pas droit dans les yeux. Je me demandais si elle n'avait pas rencontré en tête à tête, par hasard, un certain Rémi Desrochers de notre connaissance. S'étaient-ils donné la main, quelque part dans le bout du dépanneur ?... Là-dessus, motus et bouche cousue ! On avait beau être les meilleures amies du monde, on ne se disait pas tout, tout, tout !

Ce que je sais de source sûre, par contre, c'est qu'un jour Rémi a avoué à Martine qu'il ne serait jamais l'homme le plus fort du monde.

– Et peu me chaut, a-t-il ajouté. Je suis au-dessus de tout cela !

Martine a éclaté de rire. Qu'est-ce que ça pouvait lui faire qu'il soit ou non l'homme le plus fort du monde ? Franchement ! Qu'il lui parle et qu'il soit gentil avec elle, c'est tout ce qu'elle voulait. Mais le Rémi s'est senti insulté dans sa virilité. Il a lancé une boule de neige à Martine pour lui faire payer son rire outrageant. Elle a répliqué en le balançant dans le banc de neige. Et c'est comme ça que tout a commencé entre eux.

Martine croyait que je n'étais pas au courant. Mais elle gardait bien mal son secret. Ses yeux devenaient tout pétillants chaque fois que Rémi Desrochers se profilait, même de loin, dans un couloir de l'école.

Tout le monde allait donc y passer ? C'était une nouvelle mode, cette épidémie de fièvre qui se répandait à tous les étages de l'école et de nos maisons ?

Ah oui ! c'est bien beau l'amour, mais tu crois que c'est drôle ? Quand on est débordé de devoirs de français, de mathématiques, qu'il faut réviser sa géographie, et que tout ce qui te vient en tête, c'est les yeux bleus d'Antoine Hamelin... Surtout qu'ils ne sont même pas bleus, ses yeux!

****

Un samedi, un peu avant Noël, on traînait au centre commercial, Martine et moi. Déprimées, on parlait du bon vieux temps, quand madame Tramezzini était notre maîtresse et qu'on chantait tous à la chorale.

– Pourquoi elle n'a pas donné de nouvelles ? Tu crois qu'elle se cache ? se demandait Martine.

– Ou est-ce qu'elle est bel et bien morte comme elle le voulait ?

– Elle nous aurait envoyé une carte postale ou un faire-part, elle nous l'a dit.

J'ai continué:

– J'en ai appris une bonne: figure-toi que le courrier de madame Tramezzini est transféré à une nouvelle adresse à l'autre bout de la ville. C'est le facteur qui me l'a dit. Et le pire, c'est que ses meubles ont disparu de l'appartement.

– Quoi ?

– J'ai vu les déménageurs hier matin. Ils n'ont même pas voulu me dire où ils allaient avec ses affaires.

– Bizarre. Très bizarre, tout ça.

On flânait tranquillement en regardant dans les vitrines tous les beaux joujoux que nos parents ne nous achèteraient sûrement jamais de notre vie. Je cherchais une petite babiole pour maman. Elle avait pourtant insisté :

– Je ne veux pas que tu me fasses de cadeau, ma petite Laura. Noël, c'est la fête des enfants, pas des parents !

Moi, je trouvais que c'était injuste. Ma mère avait beau être un parent, elle avait été une enfant aussi.

– Justement, m'avait-elle rétorqué, j'ai eu mon tour.

Mais je voulais que ce soit la fête pour elle aussi. Sinon, à quoi ça rime, Noël ? Quand on est fille unique et que les Noëls se passent à deux, ce n'est pas un vrai plaisir d'être toute seule à être contente. Je l'aime, ma mère, et je veux la voir heureuse. Tu sais, des fois, comme ça, pour rien, j'ai envie de la serrer fort fort dans mes bras. Même si elle est souvent pressée, de mauvaise humeur et stressée, elle est quand même une super-mère, ma mère !

J'étais tout absorbée dans ces pensées quand un vigoureux coup de coude dans les côtes m'a fait sursauter.

– Nous sommes suivies ! m'a chuchoté Martine.

Je me suis retournée : Antoine et Rémi. Encore ! Ça m'attristait de faire ce coup-là à Antoine, mais pas de pitié ! Pour semer les garçons au plus vite, nous sommes entrées dans le premier magasin venu.

C'était justement notre magasin d'animaux. On a lancé un rapide « Bonjour, monsieur Loiselle » au vendeur, qui nous a tout de suite reconnues, bien sûr ! Depuis le temps qu'on venait visiter les autres canaris, et aussi les perruches, les pinsons japonais, les bengalis, les inséparables !

Mais qui est-ce qu'on voit au bout d'une allée ?... Madame ma mère et Monsieur le père de Martine en train de...

Ils s'embrassent ! Sur la bouche !
J'étouffe de rage. Je sors en courant.

Chapitre 12

Ô rage !

Je cours, je cours. Il n'y a pas assez de kilomètres pour me séparer de cette horreur. Je cours, je cours encore. Je sens que ma poitrine va exploser. Mais je continue de courir. Mes bottes s'enfoncent dans la sloche. Je glisse, je manque de m'affaler de tout mon long sur le trottoir. Mais je ne tombe pas. Je cours, je cours toujours. Et je suis la fille la plus malheureuse de toute la terre !

Ma mère a embrassé un homme !

D'accord, Yvan, ce n'est pas n'importe quel homme. Il est vraiment très cool et il a plein d'autres qualités aussi. Mais ma mère ! Ma mère à moi !

Qu'elle se soit séparée de mon père, passe encore – de toute façon, j'étais tellement petite que je ne m'en suis même pas rendu compte – mais ça ! En cachette dans une allée du magasin d'animaux ! Entre les iguanes et les tarentules ! Ma mère a embrassé un homme ! Sur la bouche !

Depuis combien de temps me jouent-ils la comédie, tous ? TOUS ! Car Martine aussi est dans le coup. Sûrement ! Elle est au courant de tout ! Et elle ne m'a rien dit !

Je cours encore et toujours. Je suis en nage sous mon manteau d'hiver. Mes mitaines sont mouillées. Mes joues aussi, je crois.

C'est donc ça qu'elle avait, Martine Sénécal-Gagnon ? Moi qui croyais que c'était à cause de son petit ami Rémi qu'elle ne me regardait plus dans les yeux. Mais non ! Ma meilleure amie m'a trahie. Jamais je ne me remettrai de cet outrage !

D'ailleurs, le monde entier m'a trahie. Même les objets ne m'obéissent plus. Est-ce ma clé qui refuse d'entrer dans la serrure, ou bien mes mains qui tremblent trop ? Je ne sais plus.

Devant la porte de chez nous, je suis tout à fait ridicule, enfermée dehors comme une voleuse qui a raté son coup! Destin de malheur! Me voilà devenue l'héroïne d'un opéra tragique. Je te jure, Valentin, un vrai opéra où la diva met des heures à agoniser. Je pousse sur la porte à grands coups d'épaule; je tourne et retourne la clé dans la serrure... qui finit par céder. Pas trop tôt!

Je fonce dans ma chambre, je me jette sur le lit. Le lit tourne comme un manège, une grande roue de catastrophes et de cataclysmes! Je crois bien que je pleure, mon oreiller est tout mouillé. Et puis... oh! qu'est-ce que maman va dire? Mes bottes pleines de sloche dégoulinent sur le couvre-lit! Vite, je les retire et je cours les ranger dans le vestibule. Puis, je m'arrête, debout au milieu de la cuisine, les bras ballants. Quand ça va mal, ça va mal!

Une chance que je ne suis pas absolument toute seule, abandonnée de tous à mon cruel destin. J'ai quand même deux canaris pour m'encourager. Chacune dans leur cage, Piccolino Première et Piccolino Deux me regardent. On dirait que mes « canarielles » veulent me consoler. « Voyons donc, ma chouette ! » semblent-elles me dire.

– Bon ! Je vais m'occuper de vous !

Et me voilà en train de faire le grand ménage de la cage de Piccolino Première – que j'ai toute nettoyée pas plus tard que ce matin.

– Après, ce sera ton tour, Piccolino Deux.

Je change l'eau de l'abreuvoir, je remplis les mangeoires de nouvelles graines et j'ouvre la porte de la cage.

– Salut !

Je me retourne. C'est Antoine Hamelin qui se montre la tête dans le cadre de la fenêtre.

– Ah non !

Trop tard. Avant que j'aie pu refermer la cage, Piccolino Première me frôle les cheveux et, dans un froufroutement d'ailes, s'envole vers le salon.

Pendant que je m'élance à la poursuite de Piccolino dans le couloir et qu'Antoine Hamelin sonne à la porte d'en avant, ma mère entre par la porte d'en arrière, les bras chargés de sacs d'épicerie.

Chapitre 13
Piccolino perduto !

– Piccoli-i-i-i-no ! !

Dans le salon, pas de Piccolino. Je regarde derrière les rideaux, derrière le divan, je déplace les chaises et les fauteuils. Rien. Quand j'ouvre la bibliothèque vitrée (on ne sait jamais), un vieil album de photos me tombe sur les pieds. Les photos s'étalent pêle-mêle sur le tapis. Parmi toute une série de sourires familiaux, voici une photo de mon père, assez jeune, avec une femme que j'ai de la difficulté à reconnaître : ma mère sans doute. Ils s'embrassent sur la bouche, les yeux fermés et tout. Un vrai baiser fougueux de jeunes amoureux. En voici une autre : mon père regardant tendrement un beau petit bébé qu'il porte dans ses bras. Et ce bébé, c'est moi, bien sûr! Pas le temps de ramasser, je continue ma recherche.

Dire qu'il n'est même pas à moi, ce canari! Qu'est-ce que madame Tramezzini va dire quand elle apprendra que son plus cher compagnon a disparu?

– Piccolino!!

Pourvu qu'il ne soit pas entré dans la salle de bains. Il pourrait se noyer!

– Piccolino!! Sors de ta cachette!

Mais c'est ma mère qui répond.

– Laura, reste tranquille, voyons!

Elle se met en travers de mon chemin. Je la déjoue et fonce dans la salle de bains. Je renverse toutes sortes de bouteilles de lait démaquillant, d'onguent, de parfum, de crème de jour ou de nuit. Les serviettes claquent au vent de ma fureur comme des drapeaux. La descente de bain fait un vol plané jusque dans le visage de ma mère.

– Laura, as-tu fini?!

– Il est sûrement dans ta chambre!

Et je cours vers la chambre de ma mère. Là, j'inspecte derrière les meubles, sous le lit, j'enlève le couvre-lit, je vide les tiroirs, j'ouvre le coffre à bijoux, je fouille parmi les bracelets en bois et en plastique.

Soudain, maman m'attrape par la manche.

– Lâche-moi ! Qu'est-ce que j'ai fait ? que je lui crie, insultée.

– Laura, calme-toi ! Et arrête de jouer dans mes affaires comme ça !

Je vois bien qu'elle a du mal à rester calme elle-même.

– Piccolino s'est sauvé ! Où est-il maintenant ? Dehors ? Dans la neige et le froid ? Je t'avertis, maman : s'il lui arrive malheur, c'est toi, la responsable ! Et juste toi !

– Moi ?

Je la regarde un court instant dans les yeux. Non, je ne dirai rien. Je ne m'abaisserai pas à expliquer le comment et le pourquoi de cette condamnation. Hautaine comme une princesse, je prends mon manteau sur la patère et je file vers la porte d'en avant. Mais ma mère me bat de vitesse et se place, très exactement, entre la porte et moi.

– Tu ne sortiras pas d'ici, Laura Mancini ! Il faut qu'on se parle !

– Peu me chaut ! J'ai rien à te dire !

Je repars cette fois-ci vers la porte de la cuisine. Mais voilà la face de Martine qui apparaît à travers la vitre. Elle me crie :

– Il faut que je te parle !

Ah non ! Pas elle aussi ! Je lui crie :

– Pas le temps !

Au moment précis où Martine entre dans la cuisine, Antoine Hamelin resonne à la porte d'en avant. C'est le comble ! Prise au piège dans ma propre maison ! Je suis prisonnière chez moi, et Piccolino qui est en danger de mort !

****

Une demi-heure plus tard, assise sur mon lit, j'achève une longue mise au point avec ma meilleure amie Martine.

– Mais je te pardonne, conclut-elle.

– C'est moi qui te pardonne.

– Avoue au moins que tu le savais et que tu n'as rien voulu me dire, insiste Martine.

– Je te l'ai répété mille fois : je ne le savais pas plus que toi !

– Alors, ils ont fait ça dans notre dos !

Martine me regarde avec un sourire triste. Pense-t-elle à sa mère comme je pense, moi, à mon père et aux temps bénis de mes photos de bébé ? Je la comprends. Toutes les deux, nous sommes en proie au même heureux chagrin. Nos parents sont en amour ! Tant mieux pour eux. Mais nous alors, qu'est-ce qu'on devient ?

– Mon père commençait à devenir blasé, tu sais, me dit Martine.

– Moi, ma mère était toujours pressée, de mauvaise humeur, stressée.

– Depuis quelque temps, il a changé.

– C'est vrai qu'elle rit plus souvent maintenant.

– Il sort le soir, il va au cinéma.

– Ma mère aussi !

– Eh bien ! Ils ne se sont pas gênés !

– Ils ne nous ont même pas demandé la permission !

Je faisais ma scandalisée, Valentin, mais dans le secret de moi-même, je me suis tout à coup rendu compte que je n'avais pas attendu d'autorisation pour rencontrer Antoine Hamelin derrière le chalet du parc...

Alors Martine me raconte que le jour où Yvan nous a invitées à souper pour la première fois, elle a surpris son père en train de chanter en faisant la popote. Affublé d'un tablier et d'une toque blanche de cuisinier, il dansait, sautant d'un pied sur l'autre, la cuillère de bois brandie bien haut comme une baguette de chef d'orchestre.

– Mon père à moi ! Je n'en revenais pas ! Il y avait tellement longtemps que je lui avais vu un visage aussi... radieux. La dernière fois, c'était peut-être pendant les vacances d'été avec ma mère, il y a trois ans...

Martine respire profondément et ajoute en soupirant :

– C'étaient les plus beaux jours de notre vie !

– Arrête-moi ça, votre vie est loin d'être finie !

– C'est vrai.

Et on a éclaté de rire toutes les deux. On a ri de tout, de nos peurs, de nous-mêmes et de notre plaisir à tout dramatiser.

– Prima donna, va ! aurait dit madame Tramezzini.

À force de vivre notre vie comme un opéra, on se prenait pour de vrais personnages. Pas étonnant : on avait des sentiments plus grands que nature, nous aussi !

****

– Oh ! la la ! Et Piccolino avec tout ça ! !

En sortant de ma chambre à la course, on tombe sur Antoine Hamelin et Rémi Desrochers.

– Salut les filles, on vient vous aider...

Il s'essaye, Antoine Hamelin ! D'ailleurs, je ne l'ai pas invité, que je sache.

– Toi, t'as rien à faire ici. Qui t'a donné la permission d'entrer chez nous ?

Rémi répond à sa place :

– C'est ta mère qui nous a ouvert la porte.

– Allez-vous-en, je ne veux pas voir de gars dans ma maison.

– Du calme, Laura ! On peut vous aider.

– Nous aider à quoi ? On n'a pas de problème. Le seul problème qu'on a, c'est vous deux.

– Je le sais que tu as perdu Piccolino.

– Il est pas perdu, il est allé se promener !

– Je l'ai entendu.

– Moi aussi, dit Rémi.

Alors je m'écrie, tout à fait affolée :

– Où ça ? Où ça ?

– T'aurais pas pu le dire plus tôt ? lance Martine à Rémi en lui brassant les épaules.

Chapitre 14

Duo d'amore

À la queue leu leu derrière Antoine, nous descendons à pas de souris l'escalier qui sépare les deux appartements. Une planche craque. Stop. On tend l'oreille. Rien.

– Tu hallucines, franchement, Antoine. Il n'y a pas plus de canari ici que de meubles ! Les déménageurs sont venus, l'appartement est vide !

Tout à coup, le silence est brisé par une voix d'homme – le nouveau locataire sans doute – entonnant un air du troisième acte de *La Forza del destino.* Je le reconnais : c'était le préféré de madame Tramezzini. Drôle de hasard.

Nous arrivons devant la porte. Je

n'ose pas... Oui, j'ose: je colle mon oeil sur la serrure. D'abord, tout est noir. Puis, je distingue un chapeau énorme, un chapeau à fleurs roses et jaunes avec des oiseaux dessus. Il tourne, ou plutôt la personne qui est sous le chapeau tourne; elle danse, je suppose.

J'aperçois enfin le chanteur. Il porte des lunettes fumées – serait-ce un bandit, un espion? Il module toujours ses *amore, amore!* Soudain, son air est repris par une belle voix féminine, et c'est le début d'un magnifique *duo d'amore.* Mais les premières notes sont à peine lancées qu'un autre chant s'élève et couvre la voix des étrangers. Une petite roulade très aiguë, une sérénade bien familière...

– Piccolino!

– Je vous l'avais dit, lance Antoine.

Mais où peut-il être? Je ne le vois pas. Sur le chapeau de la dame? Impossible, les oiseaux en plastique ne chantent pas!

L'inconnu enlace la femme amoureusement. Sa voix de basse un peu chevrotante, mais chaude et douce, se répand sur nous tous. Et Piccolino l'accompagne de son timbre flûté.

Nous restons figés tous les quatre, comme tombés sous le charme de ce duo d'amour.

Au bout d'un moment, je donne ma place à Rémi. On va se relayer au trou de serrure. Le couple danse toujours, enveloppé d'une aura de mystère... Martine colle sa joue contre celle de Rémi ; Antoine pose sa main sur mon épaule. Je sens mon coeur qui bat.

Le clou du spectacle arrive quand revient mon tour d'épier les nouveaux venus. Quelle chance ! Le monsieur soulève la voilette qui recouvre le visage de la dame, il penche la tête sous son chapeau et baise les lèvres de...

– Madame Tramezzini !

Les trois autres se jettent sur moi.

– Pas possible ! s'exclament-ils tous en se retenant de crier.

On se bouscule pour mieux voir. C'est bien madame Tramezzini ! Une madame Tramezzini que j'ai peine à reconnaître tant il y a de lumière dans ses yeux.

– Elle a de la fièvre, s'inquiète Rémi.

– La fièvre de l'amour, sûrement. C'est une vraie épidémie, je ne sais pas ce qui se passe ici – on va tous être contaminés !

– Si ce n'est déjà fait, me lance Martine avec un clin d'oeil.

Madame Tramezzini chante comme jamais. Sa voix, qui a perdu tout son tremblement, rebondit avec puissance contre les murs de l'appartement vide, et envahit toute la maison.

J'en ai eu les larmes aux yeux, Valentin ! Elle était revenue, notre directrice de chorale adorée. Revenue transformée ! Transfigurée, même ! On aurait dit une jeune fille de notre âge, amoureuse pour la première fois de sa vie. Et qui, pleine de fierté et de pudeur, laissait la musique dire à sa place :

– *Ti amo... Ti amo...* Je t'aime...

Quand, à la fin, le duo a atteint son point culminant sur des notes très aiguës, Piccolino a improvisé un final de trilles échevelés. Sans réfléchir, on a applaudi tous les quatre à s'en briser les mains :

– Bravo ! Bravo ! Bravo !

Chapitre 15

Les tourtereaux

Quelques minutes plus tard, nous voilà tous assis autour de la table de la cuisine : maman, qui s'est mise à hurler de joie quand elle a reconnu madame Tramezzini dans l'escalier ; Yvan, qui venait d'arriver avec le souper sans se douter de rien ; Antoine, Rémi, Martine et moi. Nos regards se sont tournés vers la grande voyageuse qui annonçait en rougissant de plaisir :

– J'ai ramené avec moi le soleil de l'Italie ! Je vous présente... *signore* Bontempi.

Elle tenait bien serrée dans la sienne la main de l'homme avec qui elle dansait tout à l'heure. C'était un vieux monsieur avec des yeux de gamin. Derrière ses sourcils gris en broussaille, il nous regardait avec amitié, pendant que notre amie, les yeux pétillants de tendresse, nous faisait le récit de leur rencontre.

– Rencontre aussi prodigieuse qu'inattendue, fait-elle, le bras levé comme un orateur qui va faire un discours.

Tout le monde était suspendu à ses lèvres ! Même Piccolino Première – que nous avons finalement retrouvée en bas, cachée dans le sac à main de madame Tramezzini – même notre « canarielle » retenait son souffle.

– Le cimetière était écrasant de soleil et je n'avais pas encore acheté de chapeau. Je venais à peine d'arriver. J'avais oublié la chaleur et le crépitement des cigales de mon pays. Je redécouvrais tout. Mais sans joie... Je croyais être rentrée au pays de la nostalgie. Je me trompais : j'étais de retour au pays de la vie ! Et la vie, c'est... l'*amore !*

Le signore Bontempi sourit et fait signe que oui en baissant la tête modestement.

– Je me recueillais sur la tombe de mes parents, les yeux fermés, toute à mes prières et à mes souvenirs, quand tout à coup, j'entends : « *Scusi, Signora !* »

J'ouvre les yeux sur... un homme, un inconnu, qui ose m'adresser la parole ! Et qui ose me sourire par-dessus le marché !

Madame Tramezzini jette un coup d'oeil vers le signore Bontempi qui esquisse un petit sourire amusé.

– Ce sourire-là, justement. Il souriait comme ça. Pire, il se retenait de rire. Quel rustre ! ! Je lui dis, en italien : « Vous n'avez pas honte ! Dans un cimetière ! » Lui me réplique : « Vous allez attraper un coup de soleil sur la tête. » Et il me tend son chapeau. « Prenez-le, je vous le donne. Il vous protégera mieux que votre sac à main ! » Et il rajoute encore : « *Signora !* » en faisant semblant d'être poli. L'insolent !

– Comprenez-moi, explique le signore Bontempi. Regardez.

Il prend le sac à main de madame Tramezzini et le tient à bout de bras au-dessus de sa tête, comme un parasol.

– Vous imaginez ! En plein midi, seule au milieu du cimetière, une dame de cet âge respectable priant dans cette position. Le plus sérieusement du monde, en plus !

Nous éclatons tous de rire. Il avait raison. Ce devait être une scène pour le moins rigolote !

– Il n'en faut pas plus pour me mettre hors de moi ! continue madame Tramezzini. Je lui crie à la tête tous les noms de la terre ! Mais sans m'en rendre compte, c'est en français que je l'insulte : « Espèce de concombre ! Cornichon ! Patate pilée ! » Lui me regarde sans protester et, avec une dignité toute chevaleresque, réussit à contenir le sourire qui frémit sur ses lèvres. Je crie, je m'emporte, je fais mon cinéma... quand soudain, quelque chose... étaient-ce les cigales, le parfum grisant du romarin ?... était-ce cette étincelle de malice qui brillait au fond de ses yeux ?... ou encore ces mots qu'il prononçait maintenant en français avec un fort accent italoquébécois : « C'est de bon coeur, *signora* »... Je ne saurais vous dire, les enfants. En tout cas, j'ai cessé de crier. J'ai pris son chapeau – un chapeau d'homme ! je devais avoir l'air aussi comique qu'avant – et nous avons marché.

– Nous avons marché ensemble toute la journée dans les rues de Napoli, à la recherche d'un couvre-chef digne de sa noble tête, dit le signore Bontempi pour taquiner notre amie.

– Finalement, j'ai choisi ce chapeau, à cause des petits oiseaux. Il me l'a offert.

– Et de sa part, j'ai reçu les lunettes fumées que vous voyez. Les jours suivants, nous nous sommes promenés dans les chemins en escaliers des petits villages environnants.

– Quand l'automne est arrivé, nous avons décidé de poursuivre plus au sud.

– En Sicile, en Sardaigne !

– Le soleil de ce pays, les enfants ! Vous ne pouvez pas vous imaginer ! Mais après tant de mois passés loin de chez nous, la nostalgie a creusé son nid dans nos coeurs. Nous nous sommes rendu compte que notre vrai chez nous à tous les deux, c'était ici. À Montréal !

Madame Tramezzini a serré encore plus fort la main de son amour et l'a tapotée avec une tendresse coquine.

–J'étais un peu gênée de vous annoncer tout ça, nous confia-t-elle. Tomber amoureuse ! À mon âge ! Je me sentais ridicule. Je voulais me cacher. C'est pour cela que j'ai fait déménager mes meubles chez le signore Bontempi. À notre retour, je comptais aller vivre chez lui dans un autre quartier. Mais... Ah ! *Laura, bella*

Laura ! (elle prononçait toujours Laoura comme mon père et ma nonna) et toi aussi, Martine, je ne me résous pas à me séparer de vous !

– Youppi !

Martine et moi, on saute de joie.

– Je porte un toast à l'amour qui finit toujours par frapper à la bonne porte ! dit maman.

– Et en plein coeur ! précise le signore Bontempi.

Comme ils sont grandiloquents, les grands. Ils en rajoutent toujours. Comme à l'opéra !

– Je bois à la santé de *Carla Maria*, continue le charmant monsieur.

Martine et moi, on échange un rapide coup d'oeil.

– Carla Maria ?

– Eh oui, c'est mon prénom, répond doucement madame Tramezzini.

Alors nous avons tous levé nos verres de lait et lancé joyeusement : *Salute !* à la manière italienne, avant de féliciter les deux tourtereaux en les embrassant bien fort.

Chapitre 16

Photo de famille

Malgré ces belles retrouvailles, le drame du baiser fatal n'était pas encore résolu. Nos parents nous devaient une explication.

Elle n'a pas tardé. Le lendemain, après le travail, ils ont convoqué une réunion chez nous, dans le salon. Martine et moi, nous nous sommes assises bien droites sur le divan, nerveuses et impatientes de savoir ce qui allait se passer. Nos parents se taisaient. Un lourd silence pesait sur nous tous. Finalement, maman a courageusement pris la parole.

– Vous ne savez peut-être pas encore ce que c'est que l'amour..., commence-t-elle.

Je l'interromps :

– On n'est pas si ignorantes ! L'amour !

l'amour ! tout le monde a ce mot-là à la bouche, ces temps-ci !

– Ce n'est pas seulement un mot, Laura, croit m'expliquer maman.

– Je le sais.

– Évidemment, l'amour, c'est un sentiment, dit Martine.

– Un sentiment avec ses hauts et ses bas, ne l'oublie pas !

La phrase m'est venue spontanément. Oups ! Maman tourne son regard vers moi. Elle est blessée, je crois. Elle marque une courte pause et poursuit :

– Bon ! Je n'irai pas par quatre chemins... Les filles, Yvan et moi... on s'aime.

– On ne veut plus vous le cacher, ajoute le père de Martine. On est amoureux.

Ils ont échangé un sourire... Comment dire ? On aurait juré qu'un fil invisible les reliait.

– Oui, mais pour combien de temps ?

Encore une fois, ces mots ont jailli de ma bouche comme une fusée, tout à fait malgré moi.

Le visage de maman se rembrunit.

– L'amour, c'est toujours un risque, explique-t-elle.

– On espère que ça va durer toute la vie, qu'on n'aura jamais mal. Mais on ne peut pas en être sûr à l'avance, précise Yvan.

– Pourquoi ne pas essayer ? demande maman.

Martine et moi, nous réfléchissons. Je me dis que l'amour, ça a des bons côtés, mais.... est-ce que maman va m'aimer moins si elle aime Yvan ? Voilà la grande question. Je ne sais plus, j'hésite. Alors je lève les yeux vers ma mère et cherche une réponse sur son visage.

– Je serai toujours ta mère, Laura, me dit-elle avec douceur.

– Je serai toujours ton père, Martine, dit Yvan à sa fille.

Finalement, Martine se tourne vers moi :

– Laura ?

Je me tourne vers elle :

– Martine ?

Et nous lançons en choeur un timide :

– Pourquoi pas ?

******

Valentin, je t'assure, l'arbre de Noël de cette année-là t'aurait épaté ! Maman s'était enfin décidée à remplacer le vieux sapin artificiel qui perdait ses aiguilles de papier argentées. Elle a pris une branche d'érable qui s'était cassée pendant un violent orage l'été précédent et l'a mise debout, ce qui a donné un arbrisseau d'à peu près 80 centimètres de haut. Très mignon. Et, au lieu d'y accrocher des boules de Noël ordinaires, nous l'avons décoré avec de petits oiseaux en papier mâché que nous avions confectionnés nous-mêmes.

Le matin de Noël, nous avons déballé nos cadeaux. Puis, tous nos amis sont venus déguster un super-brunch autour de notre arbre original.

Tout le monde parlait et rigolait. Au dessert, maman a demandé le silence. Même Rémi et Antoine se sont tus. Maman a toussoté. Martine et moi, on s'est jeté un petit clin d'oeil complice et on s'est pris la main très très fort.

– J'ai le grand plaisir..., a commencé maman.

– Et l'immense honneur..., a ajouté Yvan.

– De vous annoncer que...

– Avec l'accord de nos deux filles, bien sûr...

On approuvait en souriant pendant que ma mère continuait :

– Yvan Sénécal et Marie-Josée Thibault vont bientôt partager leurs joies et leurs peines sous le même toit avec leurs deux filles chéries : Martine Sénécal-Gagnon et Laura Mancini !

Les deux gars en ont eu le souffle coupé. Ils nous ont regardées avec l'air de dire : « Les chanceuses ! » Parce que c'est nous qui avions les parents les plus heureux du monde !

Imagine ! Nos parents qui étaient seuls au monde tous les deux, chacun de leur côté, décidaient d'unir leurs destins. Donc, nous unissions les nôtres, nous aussi ! Martine et moi, nous devenions des vraies soeurs ! Des vraies de vraies ! Et en plus, nous aurions la même chambre : maman et Yvan nous ont dit oui tout de suite.

Penses-y ! Plus besoin de déménager mon oreiller chaque soir pour dormir chez Martine. Plus besoin de demander la permission. Tous les soirs, nous pourrions parler, nous raconter nos secrets, nos découvertes, nos peurs. Oui, j'en ai eu de la chance : ma meilleure amie est devenue ma soeur !

****

La fête battait son plein et les surprises n'étaient pas terminées. Voilà que maman et Yvan sortent de la cuisine en portant à bout de bras une chose recouverte d'un foulard de coton imprimé.

– Les filles ! On a une surprise pour vous ! lance fièrement Yvan.

Un autre cadeau ? Martine et moi, on attend, trépignant d'impatience. Maman fait glisser doucement le foulard de coton sur les barreaux dorés de la cage... car c'est bien une cage. À l'intérieur, un petit oiseau au plumage rouge et rouille nous considère de ses deux yeux noirs.

Ma mère déclare, très solennelle :

– Voici, pour remplacer Piccolino Première qui est retournée chez sa vraie maîtresse, le troisième canari de la maison !

On applaudit de joie. Le nouveau canari a un plumage si chatoyant, une vraie robe de velours ! Il saute d'un perchoir à l'autre dans sa cage. Tout à coup, il s'immobilise, pointe son bec vers la fenêtre et commence une longue, longue phrase, pleine de notes coulantes et rebondissantes.

– Comme l'eau claire d'une fontaine, chuchote ma mère, émue, en laissant tomber sa tête sur l'épaule d'Yvan.

– Caruso ! s'écrie madame Tramezzini. Celui-là, il faut l'appeler Caruso ! Écoutez !

Et, comme le beau ténor qui fit tant pleurer madame Tramezzini dans sa jeunesse, le nouveau Caruso laisse son chant résonner sans fin dans notre cuisine pleine de guirlandes !

Brusquement, Yvan s'écrie :

– Ne bougez plus !

Il court chercher son appareil photo, l'installe sur un trépied.

– Rémi et Antoine, collez-vous encore un peu, vous n'entrez pas dans la photo !

C'est ainsi que sur la photo officielle de l'Annonce officielle de la naissance de notre nouvelle famille, on peut voir – si on prend une loupe – qu'on se tient la main, Antoine et moi... Mais ne te fais pas d'idées, Valentin, c'était seulement pour la photo!

Chapitre 17

Les petits nouveaux

Deux ans ont passé depuis le début de cette histoire, Valentin. On est maintenant au mois de juin, l'école va finir bientôt. Le jardin est fleuri à nouveau. Piccolino Première et madame Tramezzini font leurs vocalises ensemble, comme avant.

Chez nous, le nid de Piccolino Deux et Caruso s'est rempli de petits oeufs bleus. Et, ô surprise! quelques-uns ont éclos. C'est ainsi que trois oisillons ont cassé leur coquille et sont arrivés dans notre monde, tout mouillés, à peine habillés d'un peu de duvet. Nous les avons appelés Pavarotti, Domingo et la Callas, du nom de très grands artistes d'opéra, et nous les avons offerts à mon père et à sa blonde, Manon, à ma nonna Luisa et au nouveau directeur de la chorale.

Maintenant, nous sommes le quartier le plus canari de la ville ! D'aussi loin que la rue – tu l'as remarqué, Valentin – on entend nos trois canaris qui font vibrer l'air de leurs chants joyeux. On se croirait dans un pays chaud !

Parfois, une cigale au fond de la cour se met de la partie et madame Tramezzini entonne son air préféré tandis que l'amour de sa vie entre dans la danse lui aussi. Alors, tous les voisins sortent la tête par la fenêtre et applaudissent les chanteurs à la fin de leur concert improvisé.

Je n'ai jamais vu notre ancienne directrice de chorale aussi heureuse. Elle a finalement décidé de revenir habiter dans son ancien appartement, au lieu de déménager chez le signore Bontempi. C'est lui qui est venu vivre chez elle.

Je te jure, Valentin, la vie c'est comme une fête, des fois !

Valentin...

Valentin...

Valentin...

Valentin...

Et puis, un jour, maman est arrivée toute rayonnante de joie :

– J'ai une grande nouvelle à vous annoncer !

La grande nouvelle, la surprise pour tout le monde, eh bien c'était toi !

Pendant neuf mois, tu es resté caché dans le ventre de maman, occupé à manger, à grandir. Tu t'es fabriqué des poumons pour respirer, des yeux pour voir et tout ce qu'il faut pour vivre. Sans oublier des petits doigts et des orteils avec des ongles tellement minuscules que ça me donne envie de pleurer, des fois... Maintenant, tu as six mois et tu es le plus beau bébé du monde !

Tu ne pleures plus, d'accord ? Il est huit heures et demie. Le jour est levé depuis longtemps. Tout le monde est là pour t'aimer et te cajoler.

Tu vois, par la fenêtre ? La pelouse, les primevères, les tulipes, les pivoines, les violettes. Tu entends les oiseaux ? Les merles et les moineaux qui se cachent dans l'érable et mêlent leurs chants à ceux de nos canaris ?

Regarde : au fond du jardin, c'est Martine, ta soeur. Elle est déjà en train de se faire bronzer, couchée sur sa serviette de plage.

Madame Tramezzini est là aussi avec le signore Bontempi. Ils cueillent ensemble les premières fines herbes du jardin. Le chapeau de notre voisine est un peu défraîchi mais son sourire devient de jour en jour plus épanoui et lumineux. Quand il soulève ses lunettes fumées pour la regarder, le signore Bontempi a le même sourire. Crois-tu que c'est ça, l'amour ?

Entends-tu dans la cuisine ? Yvan fait la vaisselle du grand souper d'hier avec maman. Avec tous nos amis, on a fêté l'anniversaire de ton sixième mois. À cette occasion, le signore Bontempi a planté un figuier qu'il est justement en train d'arroser... Regarde.

Mais qu'est-ce qu'ils fabriquent, les parents ? Ils rient comme des fous. Pas possible ! Ils s'arrosent avec de l'eau de vaisselle comme des enfants !

Tiens tiens, qui est-ce qui arrive par la porte de la cuisine, toujours de bonne humeur et jamais gêné ? C'est mon ami Antoine, tu le reconnais, n'est-ce pas ?

Oh ! Valentin ! mon petit frère d'amour !

Écoute ! Piccolino Première et Piccolino Deux s'appellent et se répondent d'un étage à l'autre de la maison. Et voilà maintenant Caruso qui lance son chant triomphal dans l'air parfumé de basilic et de menthe.

Rrrrr – rrrr – ouou – ouou – iiii – iiii – twi – twi – twi – twi – twi – twi – twi – twi !

On jurerait qu'il chante la pomme au soleil lui-même !

Table des matières